Paulines Weihnachtszauber

Paulines Weihnachtszauber

Weihnachtliche Kurzgeschichte

Joyce Summer

Bibliografische Information der Deutschen Bibliothek
Die Deutsche Bibliothek verzeichnet diese Publikation in der
Deutschen Nationalbibliografie; detaillierte bibliografische
Daten sind im Internet über die Adresse http://dnb.ddb.de
abrufbar.

Dezember 2015
Zweite Auflage: August 2017
Copyright Text
© Joyce Summer 2015
Grafische Gestaltung:
© Joyce Summer & Dirk Schuster 2015
Joyce Summer
c/o AutorenServices.de
König-Konrad-Str. 22
36039 Fulda

Printed in Germany
Herstellung und Verlag:
BoD - Books on Demand, Norderstedt
ISBN: 978-3-744898928

Inhaltsverzeichnis

15.12.2011 07:24 – Hamburg

Das Telefon klingelte.

»Wer ruft denn so früh am Morgen an?« Ben setzte seinen Kaffeebecher ab und zog die Augenbrauen hoch.

»Ich weiß es nicht, aber es muss etwas Dringendes sein.« Pauline sprang auf in Richtung Arbeitszimmer zum Telefon. Dabei hätte sie fast ihren Galao verschüttet, weil sie, beim hastigen Aufstehen, das Knie gegen den Tisch gerammt hatte.

»Lass es doch klingeln. Wenn es so wichtig ist, ruft derjenige bestimmt nochmal an. Ich wollte eigentlich mit dir den Morgen geruhsam beginnen. Nachher haben wir beide wieder genügend Stress.« Bens Stimme klang genervt.

»Ich schau nur schnell, wer da anruft.« Pauline humpelte ins Arbeitszimmer. Mist, das würde wieder einen dicken blauen Fleck geben.

Sie schaute auf das Display.

»Es ist Fernando. Fernando Avila. Dann muss es wirklich etwas Dringendes sein. Warum sollte er denn sonst so früh aus Madeira anrufen?«

»Dann nimm schon ab. Sonst platzt du noch vor Neugier«, brummelte Ben ergeben.

»Bom dia, Fernando. Hier ist Pauline. Wie geht es dir?« Pauline war ganz froh, dass sie mit Fernando Deutsch sprechen konnte, da er eine Zeit lang in Münster gearbeitet hatte. Auf Madeira hatten sie meistens Englisch miteinander gesprochen, da Fernandos Frau, Leticia, kein Deutsch sprach. Und auch sein Subcomissário Vasconcellos sprach nur Portugiesisch und Englisch.

»Moin Pauline. Schön, dass ich euch erreiche. Es tut mir sehr leid, dass ich so früh störe.« Avilas angenehmer südländischer Bariton klang durch den Hörer.

»Ach, das ist kein Problem, Ben und ich sitzen gerade und trinken unseren morgendlichen Bica und Galao.« Ben verdrehte die Augen.

»Ich würde nicht anrufen, wenn es nicht einigermaßen wichtig wäre. Es ist nur so ein Gedanke von mir, vielleicht klappt es ja auch nicht. Dann muss ich das Leticia sagen«, lenkte Avila gleich ein.

»Womit können wir dir helfen, Fernando?« Pauline hatte mittlerweile das Telefon auf laut gestellt und war zu Ben zurück an den Tisch gekehrt. Er mischte sich jetzt in das Gespräch.

»Hallo Ben. Ich freue mich, deine Stimme zu hören. Ich habe schon zu Pauline gesagt, es tut mir sehr leid, dass ich so früh bei euch anrufe.« Im Hintergrund konnte man eine Frauenstimme auf Portugiesisch reden hören und Avila nahm schnell den Hörer beiseite und entgegnete etwas auf Portugiesisch.

Er räusperte sich: »Leticia lässt euch ganz lieb grüßen und sie entschuldigt sich, dass sie mich bedrängt hat, so zeitig anzurufen. Aber wir bräuchten eure Hilfe. Ihr könnt natürlich auch Nein sagen.« Pauline sah Ben an. Langsam wurde er ungeduldig.

»Fernando, sag schon. Was ist es?«

»Leticia und ich haben einen Preis gewonnen.«

»Das ist ja toll!« Pauline klatschte in die Hände. Sie machte auch bei jedem Gewinnspiel mit und zu Bens großer Überraschung gewann sie auch ständig etwas. Nicht unbedingt Dinge, die man brauchte. In der Wohnung stapelten sich Thermobecher, Hüpfbälle und ähnliches. Neulich hatte sie aber mal einen Gutschein für eine Hotelübernachtung mit Frühstücksbuffet gewonnen. Das war eine nette Abwechslung gewesen.

»Was habt ihr den gewonnen?«

»Eine Kreuzfahrt.«

»Wow, Wahnsinn!« Paulines Augen weiteten sich.

»Ja, aber da gibt es ein Problem. Das Schiff läuft am 23.12. hier in Funchal aus und wir kommen am 31.12. pünktlich zum großen Feuerwerk wieder in Funchal im Hafen an.«

»Aber wo ist das denn ein Problem? Das klingt doch fantastisch?«

»Wäre es auch, aber da ist unser kleiner Urso.«

»Urso?« Pauline rückte dichter an den Hörer.

»Ja, Urso. Das ist Portugiesisch für Bär.«

»Ihr habt einen Bären? Um Gottes Willen! Wie seid ihr denn an den geraten? Ist das nicht gefährlich?« Pauline und Ben sahen sich entsetzt an.

»Nein, keinen echten Bären. Wir haben ihn nur so genannt, weil er so tapsig ist. Oder besser gesagt, Leticia hat ihn so genannt. Ich hätte mir lieber einen Namen wie Freddy oder Charlie ausgesucht. Aber das fand sie zu langweilig.« Ben nickte verständnisvoll, so etwas kannte er.

»Und, was ist Urso nun wirklich?«

»Ein Golden Retriever. Zwei Jahre alt, ziemlich verschmust und verspielt.«

»Oh nein, wie süß!« Pauline war begeistert, sie liebte Hunde.

»Und ich weiß ja, wie sehr ihr beide Hunde mögt. Und dass ihr leider keine haben könnt, weil eure Wohnung dafür nicht geeignet ist.«

»Stimmt.« Ben ahnte langsam, worauf das Ganze hinaus lief. Er wusste nicht, ob ihm das gefallen sollte oder nicht. Seine Stirn legte sich in Falten.

»Leider sind Hunde auf dem Kreuzfahrtschiff nicht erlaubt. Und das Tierheim ist schon überfüllt, weil viele der auf der Insel lebenden Engländer und Deutschen über die Weihnachtsfeiertage nach Hause zur Familie fahren und ihre Hunde ins Heim gebracht haben.«

Pauline nickte zustimmend mit dem Kopf. Sie wusste, wie viele Leute sich Hunde auf Madeira hielten, obwohl ihrer Meinung nach die Insel gar nicht richtig geeignet für Hunde war. Zu wenig Auslauf, überall steile Auf- und Abstiege, selbst in den Ortschaften. Und im schlimmsten Fall gab es sogar lange Treppen, die die Vierbeiner mühselig überwinden mussten. Alles nicht hundegerecht. Daher verzichteten viele Madeirenser aus Bequemlichkeit auch auf den täglichen Auslauf mit den Hunden.

»Und jetzt möchtest du, das wir uns um Urso kümmern, richtig?« Pauline sah Ben begeistert an. Das wäre doch wunderbar. Heiligabend auf Madeira. Sie konnte eine Reise planen.

Avila räusperte sich wieder: »Ich weiß, das ist sehr kurzfristig. Ihr könnt natürlich Nein sagen. Ich bin mir sicher, ihr habt schon Pläne für die Feiertage.«

»Nein, eigentlich gar nicht.«, platzte Pauline raus. Ben stieß sie an. Er schüttelte den Kopf und machte mit der Hand eine beschwichtigende Bewegung.

»Du sagst, am 23.12 geht euer Schiff? Mein Vorschlag wäre, Pauline und ich besprechen das heute in Ruhe, schauen, ob es passt. Du weißt ja, ich kann von überall arbeiten, aber bei Pauline ist im Moment im Café viel los. Und ob es überhaupt noch so kurzfristig einen Flug gibt? Reicht dir das, wenn du heute Abend Bescheid bekommst? Aber ich kann dir wirklich nicht garantieren, dass es klappt.« Pauline schaute Ben an. Warum war er so vernünftig? Aber er hatte ja recht. Sie mussten erst mal schauen, ob sie überhaupt hier weg konnten.

Avila atmete durch. Als er wieder sprach, klang seine Stimme viel entspannter. Ben vermutete, er hatte gar nicht damit gerechnet, dass sein Vorschlag überhaupt in Betracht gezogen würde.

»Wir sind euch sehr dankbar, dass ihr darüber nachdenkt. Leticia und ich würden natürlich die Flugkosten bezahlen, ist ja klar.«

»Kommt gar nicht in Frage. Wenn wir kommen, dann zahlen wir den Flug auch selber«, sagte Ben bestimmt.

Wieder hörten sie Avila im Hintergrund mit Leticia sprechen. Dann ertönte auf einmal Leticias warme Stimme in Englisch: »Ich habe Fernando gleich gesagt, er solle euch anrufen. Funchal ist wunderschön um diese Jahreszeit. Ihr werdet wirklich eine tolle Zeit haben. Über 20 Grad und Weihnachten. Es wird euch gefallen. Und Urso ist so süß. Ich schicke nachher gleich ein paar Fotos.«

Ben schaute Pauline an und sah, wie sie innerlich schon ihren Koffer mit Sommerkleidern, kurzen Röcken und T-Shirts packte. Aus der Nummer würde er wahrscheinlich nicht mehr rauskommen. Ok, es klang ja auch nicht schlecht. Weihnachten in der Sonne. Er schaute aus dem Fenster. Draußen wurde es allmählich hell und gab den Blick auf das typische Hamburger Schmuddelwetter frei: grauer

Himmel, Wolken und Nieselregen. Und stürmisch schien es auch zu sein, wenn er sich die Neigung der Bäume vor dem Fenster so ansah. Da würde man trotz Schirm wieder in kürzester Zeit durchnässt sein, sobald man die Wohnung verließ. Die Idee mit Madeira klang immer verlockender.

»Wir melden uns heute Abend bei euch. Versprochen.«

Nach einer kurzen Verabschiedung war das Gespräch zu Ende. Ben sah Pauline an. Ihre Augen leuchteten.

»Wann musst du heute im Café sein?«

»Erst mittags. Tomaz macht heute auf und ich habe die zweite Schicht. Also genug Zeit, um nach Flügen zu suchen.«

»Dann geh schon an deinen Rechner.« Ben wusste, dass er Pauline sowieso nicht daran hindern konnte.

Zwei Stunden später hatte Pauline alles zusammen. Es gab einen Flug am 22.12. morgens, und sie würden so früh in Funchal sein, dass sie mit Fernando und Leticia auch noch das Wichtigste bezüglich Urso und des Hauses klären konnten. Für alle Fälle hatte Pauline den Flug bei der Fluggesellschaft schon geblockt. Das hatte sie aber Ben nicht verraten.

»Ich spreche gleich mit Tomaz, wie seine Pläne zwischen den Jahren sind. Er hat sowieso die letzten Tage gegrummelt, dass ihm das zu Hause gerade alles zu viel wird, weil seine Frau die ganze

Verwandtschaft aus Porto eingeladen hat. Vielleicht freut er sich, wenn er dem entkommen kann. Und er kann alles auf mich schieben.« Pauline pfiff vergnügt, zog sich die Regenjacke an und machte sich auf den Weg zum Café.

⚘ ⚘ ⚘

Ihr Café war in einem der ehemaligen Wäscherinnen-Häuschen in Winterhude untergebracht, und als sie zur Tür herein kam, empfingen sie schon das Stimmengemurmel der Mittagsgäste und der Geruch von frischem Espresso.

Tomaz stand hinter der Theke und bereitete gerade aus dem neuen dunklen Espresso aus Honduras einen Galao für einen Gast zu. Zuerst hatte er diese Bohnen aus der kleinen Rösterei in Rothenburgsort nur für reinen Espresso verwenden wollen. Aber er hatte zugeben müssen, dass sich das Aroma von Brombeere und Vanille ganz hervorragend mit der Milch paarte.

Er schaute zu Pauline herüber.

»Bom Dia. Du strahlst ja so, Chefin. Wenigstens einer von uns, der gute Laune hat. Raquel hat mir heute Morgen erzählt, dass ihre Eltern nächste Woche auch ihre avó mitbringen, weil die nicht alleine in Porto bleiben wollte. Und weil Oma es mit dem Rücken hat, wird sie jetzt in unserem

Schlafzimmer schlafen. Toll, was?« Er schmollte vor sich hin.

Das war ja ein Supereinstieg für Pauline.

»Wie wäre es denn, wenn du dem ganzen Gewusel zu Hause etwas entgehen könntest?«

Tomaz schaute sie voller Erwartung an: »Hast du eine Idee für mich? Ich wäre so dankbar. Raquel hat schon eine lange Liste gemacht, was ich alles für sie erledigen soll.« Er stöhnte. Pauline musste innerlich schmunzeln. Kaum zu glauben, dass Tomaz, der hier den charmanten Barista gab, der von ihren Kundinnen angehimmelt wurde, zu Hause unter der Knute seiner Ehefrau Raquel stand.

»Tatsächlich hätte ich da etwas. Und du könntest bei deiner Familie alles auf deine impulsive Chefin schieben, wäre das nicht was?«

Tomaz lehnte sich über die Theke zu Pauline und sah sie gespannt aus seinen dunklen braunen Augen an: »Ich höre?«

»Wir haben heute Morgen einen Anruf von Madeira bekommen und unsere Freunde bitten uns um Hilfe. Wir sollen ihren Hund und das Haus hüten, weil sie am 23. Dezember für acht Tage auf eine Kreuzfahrt gehen. Wir müssten dafür vom 22. Dezember bis zum 5. Januar nach Madeira. Aber ich möchte in der Zeit ungern den Laden komplett schließen. Du weißt doch, dass der alte Herr Schmitz von gegenüber sich immer so freut, wenn er abends bei uns einen schönen Galao mit einem

Schuss Aguardente bekommt. Und ich hatte Britta vom Schuhladen die Straße herunter versprochen, dass es bei uns wieder Bolo Rei gibt. Ich wollte wieder einigen auf Vorrat backen. Raquel hat mir ein neues Rezept gegeben, dass muss ich unbedingt ausprobieren.«

»Das heißt, du fändest es gut, wenn ich den Laden am Leben halte, während du die Sonne auf Madeira genießt?«

»Ja, natürlich mit kürzeren Öffnungszeiten als ursprünglich geplant – das wäre schon toll.«

»Und weißt du was? Ich mache es. Soll sich doch meine Frau alleine um die Verwandtschaft kümmern und ich genieße hier die Ruhe. Außerdem habe ich dann vielleicht Zeit, mich auf Wunsch meiner Chefin mal mit den Teesorten zu beschäftigen, die sie eingekauft hat. Sie hat ja seit ihrem letzten Besuch auf Madeira die Idee von einer English Tea Time hier im Café.« Er grinste Pauline an.

Ach ja, die Tea Time. Pauline dachte zurück an den Sommer auf Madeira. Sie und Ben hatten die Chance genutzt und hatten im Hotel Colonial in Funchal die feudale Tea Time genossen. Pauline hatte dort mit Lucca DeFreitas, dem Direktor des Hotels, Bekanntschaft geschlossen. Eigentlich hatten die beiden eine Art Kooperation geplant gehabt. Pauline sollte für DeFreitas die Verbindung zu der Rösterei in Rothenburgsort aufbauen, er wollte Ideen zu einer Teekarte für ihr Café beisteuern. Dann hatten sich die Ereignisse überschlagen und es war ganz anders gekommen, als geplant. Pauline schauderte, sie wollte jetzt nicht daran denken.

»Das würdest du tun? Danke dir Tomaz, du glaubst gar nicht, was du mir für eine Freude damit machst.«

Tomaz lachte: »Ist Ben der gleichen Ansicht? Ich weiß ja, was er immer von deinen Urlaubsplänen hält. Versprich mir aber, dass es diesmal ganz ohne Leichen vonstattengeht, hörst du?« Er zwinkerte Pauline freundlich zu.

22.12.2011 10:24 – Funchal

Pauline war glücklich. Gerade eben waren sie über das Rollfeld in das Flughafengebäude gegangen. Sie hatte es tatsächlich geschafft. Nachdem die Sache mit Tomaz stand und Ben mit seinem Kompagnon alles durchgeplant hatte, damit er von Garajau aus arbeiten konnte, ging alles ganz schnell.

Und nun waren sie tatsächlich da. Es wehte ein leichter Wind vom Atlantik, aber es war tatsächlich T-Shirt-Wetter. In Hamburg waren sie bei zwei Grad und leichtem Schneeregen weggefahren, und nun hatten sie gefühlt schon über 20 Grad und Sonnenschein.

Als sie in die Eingangshalle kamen, konnten sie Fernando und Leticia schon von weitem winken sehen. Fernando steckte nicht in seinem üblichen Anzug, den er zur Arbeit trug, sondern hatte tatsächlich Bermudas und ein T-Shirt an, das sich etwas über seinem Bauch spannte. Leticia neben ihm sah einfach toll aus. Pauline bewunderte mal wieder, wie Leticia es schaffte, ihre etwas üppigere Figur so toll in Szene zu setzen. Sie trug ein enges rotes Kleid, das genau die richtigen Stellen betonte und wunderbar zu ihrer dunklen Haut passte. Mit einem kurzen Blick auf Ben stellte Pauline fest, dass auch er das sehr wohl registriert hatte.

Fernando nahm sie in den Arm und gab ihr einen Kuss auf jede Wange. »Boas-vindas!«

»Wir freuen uns so, dass ihr da seid. Für heute Abend hat Leticia schon ein Festmahl geplant. Wir müssen feiern!«

Er nahm Pauline den Koffer ab und raus ging es zum Parkplatz direkt vor der Ankunftshalle.

Als sie die Autobahn in Richtung Garajau fuhren, sah Pauline überall Weihnachtsdekoration. Es wechselten sich in den Ortschaften Figuren und Bäume aus Lichterketten mit kleinen Krippen ab. Als ob die Madeirenser den fehlenden Schnee und die Wärme mit besonders viel Schmuckwerk wettmachen wollten.

»Es ist zauberhaft. Und fast mehr Schmuck, als wir in der Hamburger Innenstadt im Moment haben.«

»Warte erst mal ab, bis du in Funchal warst. Das ist wirklich beeindruckend. Und es gibt auch einen richtig schönen Weihnachtsmarkt. Dort kann man heiße Esskastanien mit einem leckeren Glas Madeira genießen. Es wird euch gefallen. Es ist natürlich kein deutscher Weihnachtsmarkt, aber auch sehr schön. Ich erinnere mich noch in Münster der Weihnachtsmarkt rund um die Lambertikirche. Die leckeren Bratwürste, die gebrannten Mandeln und Potthast. Und was haben wir an Glühwein getrunken.« Avila kam ins Schwärmen. Leticia schaute nach hinten in den Rückspiegel und zwinkerte Pauline zu. Die Vorliebe ihres Mannes für Essen und Trinken war allgemein bekannt.

. . .
ﺩ ﺩ ﺩ

Kurze Zeit später fuhren sie in Garajau durch die Durchfahrt beim Hotel Dom Pedro. Dahinter lag ein sehr schönes kleines Wohngebiet, in dem auch, gerade bei den Grundstücken mit freiem Blick auf den Atlantik, eine sehr große englische Gemeinde ihr Zuhause gefunden hatte.

Sie hielten vor einem hölzernen Gartenzaun. Dahinter zeichnete sich ein Häuschen mit einem von Blumen übersäten kleinen Garten ab. Ein goldener zotteliger Kopf spähte über den Zaun und fing an zu bellen, als er sie sah.

»Das muss wohl Urso sein.« Pauline öffnete die Autotür und kurze Zeit später war sie schon in einer stürmischen Begrüßung mit dem Hund vertieft.

»Sieht er nicht aus wie ein urso de peluche?« Leticia kam dazu und fing an mit Urso zu knuddeln.

»Ein urso de was?«

»Leticia meint, er sähe aus wie ein Teddybär, ein ›urso de peluche‹. Deswegen ja auch der Name.« Avila verdrehte etwas die Augen, ließ sich dann aber auch von Urso fast zu Boden werfen.

Nachdem die Begrüßungen vorbei waren und Urso entspannt auf der Veranda in der Sonne lag, gab es eine Führung durch das Haus. Danach schenkte Avila allen ein Glas Madeira ein und sie nahmen auf der Terrasse Platz.

»Leider konnten wir uns den Blick auf den Atlantik nicht leisten. Aber nachdem wir so lange in dem Apartment zur Miete gewohnt hatten, dachte wir, es wird langsam Zeit für etwas Eigenes mit etwas mehr Raum.«

»Und da habt ihr euch gleich Urso angeschafft, damit es auch ja nicht zu viel Platz wird.«, neckte Ben ihn als er sah, wie viel Urso von dem kleinen braunen Korbsofa, auf dem Avila saß, für sich in Anspruch nahm. Dabei hatte er sich auf den Rücken gedreht und bot Avila seinen Bauch zum Kraulen an.

»Ich glaube, wir werden uns hier wirklich wohl fühlen, es ist wunderschön. Und Ben wird auf euren Garten gut aufpassen, er hat einen grünen Daumen.«

»Wir wissen, dass das alles bei euch in guten Händen ist. Leticia hat die Vorratskammer auch gut gefüllt. Gleich hier um die Ecke ist eine nette kleine Bäckerei, dort gibt es köstliche tarte de requeijao, die solltet ihr unbedingt probieren.«

»Ja, und ich habe bei meiner Hilfe Ana eine Ente bestellt. Im Moment ist die noch in ihrem Käfig hinten im Garten. Die wird morgen geschlachtet und vorbereitet. Fernando hat mir erzählt, dass du ein richtig guter Koch bist, Ben. Ich habe auch einen Bräter, dann könnt ihr euch ein schönes klassisches Weihnachtsessen machen.«

Ben sah Pauline an. Er hatte sich eigentlich geplant groß zu kochen. Aber wenn Leticia das extra für sie organisiert hatte, würde er wohl nachher gleich nach einem Rezept für Entenbraten schauen und den Bräter in Augenschein nehmen.

23.12.2011 14:37 – Funchal

Soeben hatte das Passagierschiff, mit Fernando und Leticia an Bord, den Hafen verlassen. Arm in Arm schlenderten Pauline und Ben durch Funchal. Sie wollten noch zwei Flaschen Malmsey bei Blandy's in der Aveniga Arriaga kaufen. Ein bisschen davon wollte Ben für die Ente verwenden. Dann noch ein paar Orangen in der Markthalle holen und das Weihnachtsessen war fast perfekt.

»Wollen wir nicht lieber gleich eine dritte Flasche holen? Die könnten wir Ana als kleines Weihnachtsgeschenk mitbringen.«

»Das ist eine gute Idee, vielleicht holen wir auch vier, damit bloß über die Feiertage kein Notstand entsteht.« Ben lachte. So langsam fing er an den Urlaub zu genießen.

🦆🦆🦆

Als sie zwei Stunden später wieder, schwer bepackt mit ihren Einkäufen, nach Garajau zurückkehrten, wurden sie von Urso begrüßt, als wären sie jahrelang weg gewesen.

»Ich glaube, wir sollten auch gleich mal mit ihm eine Runde drehen, was meinst du? Er musterte die Ecke dahinten im Garten mit so einem verträumten

Gesichtsausdruck, das kann nichts Gutes bedeuten.«

»Gehst du eine Runde? Ich kümmere mich so lange um die Einkäufe. Und vielleicht kommt Ana in der Zwischenzeit vorbei.«

Pauline und Urso machten sich auf ihren Gang durch Garajau. Für alle Fälle hatte Pauline sich Geld eingesteckt, dann konnte sie auf dem Rückweg gleich zwei tarte de requeijao für sich und Ben zum Kaffee holen.

Als sie das Eingangstor hinter sich schloss, meinte sie aus dem Augenwinkel etwas kleines grünes zu sehen, als sie aber den Kopf wandte, war die Straße leer. Nicht ganz, ein paar Meter weiter saß eine große schwarze Katze mitten auf der Straße und putzte sich das Fell. Urso hatte die Katze noch nicht gesehen, zu sehr war er damit beschäftigt, die Wand von dem Transistorhäuschen zu begutachten, die scheinbar des Öfteren von anderen Hunden benutzt wurde. War wohl eine Art Facebook für Hunde, wo sie sich ihre Botschaften hinterließen, dachte Pauline amüsiert.

Als Urso die Katze erblickte, riss er an der Leine und wollte sich auf sie stürzen. Pauline war zum Glück vorbereitet, sonst wäre sie auf allen vieren gelandet. So hielt sie Urso fest auf Abstand zu dem Objekt seiner Begierde. Das schien völlig unbeeindruckt von dem bellenden und an der Leine zerrenden großen Hund zu sein. Im Gegenteil, die Katze reckte sich, drehte sich gelangweilt um und stolzierte provozierend langsam von dannen. Kurz überlegte Pauline, ob sie Urso nicht die Leine doch etwas länger lassen sollte, das Verhalten der Katze war doch etwas frech. Wenigstens ein bisschen beeindruckt hätte sie von Urso, dem Bären, doch sein müssen. Als ob die Katze Paulines Gedanken ahnte, drehte sie sich um und sah Pauline aus einem blauen und einem gelben Auge strafend an. Dann fauchte sie und sprang mit einem Satz über eine Mauer.

Es raschelte in dem Gebüsch hinter der Mauer, und Pauline meinte kleine schnelle Schritte zu hören. Vielleicht ein Hund, der sich etwas ungeschickt an die Katze heranpirschte? Schwer zu sagen.

🐾🐾🐾

Als Pauline mit dem noch warmen Gebäck zurück kam, sah sie, dass Ben Besuch hatte. In der Küche lief eine kleine korpulente Portugiesin aufgeregt auf und ab. Dabei rief sie immer wieder: »Deus me livre!«

»Boa tarde. Sie müssen Ana sein?« Pauline streckte ihr die Hand entgegen.

In gebrochenem Englisch antwortete die Portugiesin: »Es ist so ein Unglück. Ich war nur kurz weg, um meine Tochter von der Schule abzuholen. Die Jungen sind zu Hause im Kinderzimmer geblieben. Als wir wieder kamen, war der Käfig leer. Und alles war verschlossen. Das Tor, der Käfig, alles. Unser Hund war völlig aufgedreht und lief die ganze Zeit im Kreis im Garten herum. Ich verstehe nicht, was passiert ist. Normalerweise lässt er niemanden ins Haus, wenn wir nicht da sind.«

»Was ist denn passiert?«, wollte Pauline wissen und wandte sich fragend an Ben.

»Es sieht so aus, als ob unser Festtagsbraten für morgen eine Ente mit den Fähigkeiten von Houdini ist. Sie ist aus einem geschlossenen Käfig getürmt.« Ben grinste. Ihn schien die Situation zu amüsieren.

»Ja, ja, die Ente ist weg. Was sollen wir nur machen? Ich hatte doch Senhora Leticia versprochen, dass ich die Ente für Sie fertig mache. Sie wird böse mit mir sein.« Ana rang die Hände und guckte an die Decke, als ob Leticia von oben strafend auf sie herab guckte. »Ich habe die Kinder losgeschickt, sie fragen überall in der Nachbarschaft, aber keiner hat die Ente gesehen oder bemerkt, wie jemand in unseren Garten gekommen ist.«

»Das ist doch kein Problem. Es wird irgendein Einbrecher gewesen sein, der Hunger hatte. Ist sonst auch wirklich nichts verschwunden? Geld, Wertsachen? Das wäre viel schlimmer als eine Ente. Machen Sie sich bitte keine Sorgen um die Ente.« Ben versuchte Ana zu beruhigen.

»Nein. Das heißt nicht ganz. Ich hatte heute Morgen Bolo Rei gemacht und von dem frischen

Kuchen fehlen jetzt ein paar Stücke. Aber vielleicht war es auch einer der Jungs, der nicht zugeben will, dass er schon von dem Kuchen genascht hat.«

»Also, das ist doch ein spannender Fall. Eine Ente verschwindet und ein paar Stücke Weihnachtskuchen. Wir haben es also mit einem hungrigen Einbrecher zu tun. Vielleicht dem Weihnachtsmann? Haben Sie einen Kamin?« Ben lachte.

Ana sah in vorwurfsvoll an und wandte sich an Pauline: »Ihr Mann reagiert genauso wie meiner. Der hat auch nur gelacht und meinte, dass Pai Natal wohl gekommen ist, um seinen Tribut zu holen. Soll ich auf den Markt fahren und versuchen, Ihnen eine andere Ente zu besorgen?«

Pauline guckte Ben strafend an, obwohl sie innerlich auch lachen musste. Was für eine seltsame Geschichte.

»Nein, machen Sie sich keine Mühe. Wir werden etwas anderes zum Essen finden. Leticias Speisekammer ist so voll, wir lassen uns einfach inspirieren. Oder, Ben?«

Ben unterdrückte ein weiteres Lachen und nickte mit dem Kopf. Im Geiste freute er sich fast darüber, dass er jetzt auf ein weniger aufwendiges Gericht umschwenken konnte. Wer auch immer bei Ana eingebrochen war, er musste ihm dankbar sein.

»Sie sind so freundlich. Senhora Leticia und Senhor Fernando haben schon gesagt, was für nette Menschen Sie sind. Wenn Sie möchten, kommen

Sie doch am Tag nach Heiligabend bei uns zum Kaffee vorbei. Bis dahin habe ich auch neuen Bolo Rei gebacken. Ich würde mich sehr freuen.«

Nachdem sie Ben und Pauline noch die Wegbeschreibung gegeben hatte, zog sie von dannen.

»Was für eine ulkige Geschichte. Es könnte natürlich sein, dass Ana die Ente für sich selber haben wollte und uns ein Lügenmärchen aufgetischt hat.«

»Nein, Ben, das glaube ich nicht. Sie war wirklich außer sich.«

»Ja, du hast ja recht. Aber es ist wirklich unglaublich. Vielleicht spielt ihr jemand einen Streich. Man müsste sich mal ihre Jungen ansehen. Wenn ich daran zurückdenke, wie viel Blödsinn mein Bruder und ich als Kinder gemacht haben, halte ich es für wahrscheinlich, dass das die Übeltäter sind.«

23.12.2011 16:21 – Canico

Pauline und Ben waren, zusammen mit Urso, auf dem Weg hinunter nach Canico de Baixo. Sie wollten den Abend mit ein oder zwei Ponchas in der Bar der Schwestern abschließen und hofften, dass sie Glück hatten und die beiden nicht zwischen den Jahren geschlossen hatten.

Auf dem Weg dorthin stellten sie fest, dass der Pfad entlang der kleinen Levada, der sie nach Canico führte, direkt an Anas Haus vorbeiführte.

»Dann können wir ja den Tatort gleich inspizieren, oder, was meinst du?« Ben hatte diesen Satz von Pauline schon erwartet. Er kannte die Neugier seiner Frau. Diesmal handelte es sich ja zum Glück nur um eine verschwundene Ente. Im Sommer hatte diese Neugier Pauline beinahe das Leben gekostet, aber eine Ente sollte keine Gefahr darstellen.

Daher nickte er zustimmend: »Alles klar, machen wir.«

Vergnügt ging Pauline hinter Ben und Urso her und genoss den Blick hinunter auf Canico, welches langsam in der Dämmerung verschwand. Man konnte noch die rosa-orangen Ziegel der Häuser erkennen, aber die Farben glitten in der aufkommenden Dunkelheit langsam ins Graue ab.

Plötzlich blieb Pauline stehen. »Hast du das gesehen? Da vorn war was kleines grünes. Jetzt ist es hinter dem Schrotthaufen verschwunden.« Sie deutete auf einen kleinen Haufen mit alten Waschmaschinen, Autoteilen, der vor einem etwas heruntergekommenen Haus vor sich hin rottete.

»Nein, ich habe nichts gesehen. Was soll das sein, klein und grün?«

»Ich weiß es nicht, aber ich meine, ich habe heute Mittag schon so etwas gesehen.« Pauline starrte angespannt in die Richtung des Schrotthaufens. Bewegte sich da was?

»Wir können gerne Urso mal schnüffeln lassen. Obwohl ich befürchte, wenn es nicht gerade eine Katze ist, wird er keine große Hilfe sein. Ich habe gesehen, wie ängstlich er auf andere Hunde reagiert. Unser Bär hat wohl eher ein Hasenherz.« Liebevoll tätschelte er Ursos Kopf, worauf dieser ihn voll Dankbarkeit anhimmelte.

Sie gingen zu dem Haufen.

»Hörst du es, da wispert doch was? Ich wusste, ich habe was gesehen.«

»Sei mal still, solange du redest, kann ich eh nix hören.« Ben und Pauline guckten um den Haufen herum. Sie hörten ein Trappeln und ein Rascheln, dann wurde es still.

»Das muss eine Ratte gewesen sein.«

»Eine Ratte? Etwa 1,20 m hoch und grün?«

»Davon hast du eben nichts gesagt. 1,20 m, bist du dir sicher? Was soll das ein. Grüne Männchen vom Mars?«

»Vielleicht habe ich ja auch nur ein spielendes Kind gesehen, was etwas Grünes anhatte. Aber das erklärt noch nicht, warum ich das heute schon zum zweiten Mal sehe.«

»Naja, von Sehen kann ja nicht die Rede sein. Mehr so ein »Erahnen aus dem Augenwinkel«. Wahrscheinlich hat dich die Geschichte von Ana so beeindruckt, dass du jetzt grüne Männchen siehst.«

»Zu Weihnachten würde ich dann eher grüne Elfen erwarten, wenn wir schon den Weihnachtsmann als möglichen Täter für den Diebstahl identifiziert haben.« Pauline lachte Ben an.

»Guck mal, da vorn ist das Haus von Ana.« Ben deutete auf ein kleines Haus, das in einer Kuhle stand, so dass der Giebel fast auf der Höhe der Levada war.

»Was ist das denn da auf dem Dach? Eine Figur? Lass uns mal näher herangehen.«

»Weißt du, was das ist? Eine Ente! Da siehst du es? Die putzt sich. Ich glaube, wir haben das Geheimnis der verschwundenen Ente gelöst. Sie sitzt bei Ana auf dem Dach. Mach schnell ein Foto, das glaubt uns sonst keiner.«

Die Ente hörte auf sich zu putzen und starrte auf die beiden Neuankömmlinge.

Ben kam vorsichtig näher. »Das ist eine seltsame Ente, schau dir mal ihre Augen an. Eines ist blau, das andere ist gelb.«

»Das ist mir jetzt doch etwas unheimlich.« Pauline schaute sich um.

»Wieso das denn?«

»Heute Mittag haben Urso und ich eine Katze gesehen, die hatte auch ein blaues und ein gelbes Auge.« Sie schaute auf Urso herunter, der die Ente auf dem Dach misstrauisch musterte und dabei knurrte.

Die Ente schüttelte sich, gackerte und flog davon.

»O. k., damit ist das Thema mit der Ente erledigt. Sie ist in Freiheit.«

»Ja, aber das erklärt nicht, wie es passiert ist.«

»Ich sage dir, was passiert ist. Die Jungen von Ana haben im Spaß die Ente herausgelassen und haben von dem Kuchen genascht, das ist passiert. Oder, was ist deine Erklärung?«

»Ich habe keine Erklärung. Ich sage ja nur, dass ich es komisch finde. Und dann das mit den Augen. Ist doch wirklich ein komischer Zufall.«

»Lass uns unseren Poncha bei den Schwestern trinken und nicht länger über Enten, Katzen und grüne kleine Elfen nachdenken.«

24.12.2011 17:41 – Garajau

Das Essen war im Ofen. Es gab ein ordinäres Brathuhn, das die Küche mit einem köstlichen Duft erfüllte.

Urso hatte seinen Platz direkt vor dem Ofen eingenommen und schaute mit starrem Blick hinein. Abgelenkt wurde er nur, wenn Pauline oder Ben in Richtung Speisekammer gingen, um den Rest ihres Festmahles zusammen zu tragen. Dann sprang er jedes Mal hoffnungsfroh auf und folgte ihnen zur Speisekammer. Es könnte ja sein, dass irgendetwas für ihn dabei abfiel.

»Wollen wir draußen essen und in den Sternenhimmel schauen? Ich kann mir eine von den Decken nehmen, dann ist es auch warm genug.«

»Und im Zweifel wärmt dich unser Madeira von innen.« Ben prostete ihr mit seinem obligatorischen Glas Wein für den Koch, welches er sich schon eingeschenkt hatte, zu.

Pauline trug die Beilagen und den Wein nach draußen. Das Huhn brauchte noch ein bisschen.

»Denk daran, die Terrassentür immer geschlossen zu halten, solange wir noch nicht am Tisch sitzen. Ich habe so das Gefühl, dass Urso sehr schnell sein kann, wenn es ums Essen geht.« Urso hob den Kopf und klopfte voller Erwartung mit dem Schwanz auf den Boden. Gab es jetzt endlich etwas zu essen?

Als Ben einen kurzen Moment später auf die Terrasse kam, hatte es Pauline tatsächlich geschafft, alles weihnachtlich zu schmücken. Tannenäste und Weihnachtssterne aus dem Garten als Tischdekoration. Auf dem Tisch stand zudem ein Leuchter mit roten Kerzen und in seinem flackernden Licht spiegelte sich das Rot des Madeira in ihren Gläsern.

»Wie schön das aussieht. Auf unser Weihnachten auf Madeira.« Ben hob das Glas. In der Spiegelung sah er etwas im hinteren Teil des Gartens, was sich bewegte. Teufel, fing er jetzt auch schon an wie Pauline?

»Was ist?«

»Ich glaube, ich habe dahinten etwas gesehen.«

»Ach nee. Ein kleines grünes Männchen?«

»Ich weiß es nicht. Lass uns mal schauen.«

Als Pauline, Ben und Urso den Garten durchquerten hörte Ben es auch. Es klang wie ein Wispern, dann raschelte es und er meinte Schritte zu hören.

»Jetzt wird es mir langsam zu bunt. Ich hole eine Taschenlampe.« Entschlossen ging er in Richtung Haus. Urso ließ wieder ein Knurren hören, folgte dann aber mit Pauline.

Kurz darauf suchten sie das Beet mit den Weihnachtssternen ab.

»Siehst du was, Ben?«

»Wenn du nicht ständig mit deinem Popo im Licht von der Lampe stehen würdest, könnte ich besser sehen.«

»Ich glaube, Urso hat eine Spur.« Sie schauten, wie Urso mit der Schnauze auf den Boden gepresst zielstrebig Richtung Kräuterbeet strebte.

»Vielleicht ist es nur wieder eine Katze.«

»Guck mal, das sind doch Spuren?« Pauline deutete auf kleine Vertiefungen im Beet.

»Das sind aber komische Spuren. Was soll das sein?« Ben leuchtete auf die Vertiefungen.

»Ich finde, das sieht aus wie kleine Fußabdrücke.«

»So ein Quatsch, jetzt geht deine Fantasie mit dir durch. Ich wette, wenn wir weiter suchen finden wir heraus, das Urso dem Beet heute schon einen Besuch abgestattet hat. Pass auf, dass du nicht in eine braune Bombe von ihm trittst.« Ben wollte vor Pauline nicht zugeben, dass er die Spuren auch nicht zu hundert Prozent Urso zuordnen würde. Aber was sollte es sonst sein?

Sie hörten ein Klirren von der Terrasse.

»Es reicht. Wo sind wir denn hier?« Ben drehte sich um, um dem neuen Geräusch auf den Grund zu gehen.

»Mein Glas ist leer.« Pauline hob ihr Glas.

»Du hast aber einen ganz schönen Zug am Leib, Paulinchen.«

»Nein, habe ich nicht. Ich weiß, dass ich erst zwei Schlucke getrunken hatte, bevor wir auf Elfenjagd gegangen sind.«

»Das bildest du dir bestimmt ein.« Ben runzelte die Stirn. So langsam wurde es wirklich eigenartig. Aber er wollte sich vor Pauline nichts anmerken lassen.

♦ ♦ ♦

Es klingelte. Urso fing an zu bellen. Ana stand vor der Tür. Sie war noch aufgelöster als gestern Abend.

»Mein kleiner Nuno ist verschwunden. Ich weiß nicht was ich tun soll.« Tränen liefen ihr über ihre fleischigen Wangen. Pauline nahm sie in den Arm.

»Nuno, ist das ihr Sohn? Er wird sich bestimmt wieder einfinden.«

»Er ist weggelaufen. Ich hatte mit ihm geschimpft, weil ich mir sicher war, dass er die Ente rausgelassen hat und von dem Bolo Rei gegessen hat. Er war die ganze Zeit bockig und hat immer wieder gesagt, er war es nicht, da wäre jemand anders gewesen.«

»Hat er gesagt, wer das gewesen ist?«

»Nein, da war auch niemand, er flunkert. Er meinte, er hätte versprochen nichts zu sagen, weil er ein braver Junge ist. Brav, das wäre mal was Neues.« Sie schniefte.

»Wir haben keinen kleinen Jungen gesehen. Allerdings hatten wir vorhin den Eindruck, es wäre jemand im Garten. Vielleicht ist er ja doch hier.«

Ana schaute Ben hoffnungsvoll an.

Systematisch fingen sie an das Haus von oben bis unten zu durchsuchen. Die zwei Schlafzimmer, das Gästezimmer, die Bäder, das Wohnzimmer, keine Spur von einem kleinen Jungen.

Zu guter Letzt ging Ben in die Küche und öffnete die Tür zur Speisekammer. Er fing an zu lachen. »Schaut mal, wen ich hier habe.« Er zog einen kleinen, etwa 4 Jahre alten, Jungen hinter der großen Kiste, in der Leticia und Fernando das Trockenfutter für Urso aufbewahrten, hervor.

Ana rannte mit einem Schwall portugiesischer Worte auf ihren Jungen zu und nahm ihn in die Arme.

»Ich verstehe zwar kein Portugiesisch, aber ich glaube nicht, dass er gerade Ärger bekommt«, wandte sich Ben an Pauline.

»Darauf sollten wir einen Madeira trinken, ich hole unsere Gläser und ein frisches für Ana.«

»Ich möchte immer noch wissen, wer aus meinem Glas getrunken hat.« Pauline war etwas enttäuscht, sollte die Aufklärung des Mysteriums so einfach sein? Zu Weihnachten wäre eine Erklärung mit Elfen und Weihnachtsmännern und vielleicht sogar irgendwelchen Tiergeistern doch viel passender gewesen. Ein kleiner Junge, der Streiche spielt und von zu Hause weg rennt?

»Komm nicht auf die Idee, Ana zu fragen, ob ihr Junge Alkohol getrunken hat. Dann bekommt er wahrscheinlich tagelang Hausarrest. Und vielleicht sogar keine Geschenke. Halt dich bitte zurück. Du willst doch einem kleinen Jungen nicht sein Weihnachtsfest verderben.« Ben hob warnend den Zeigefinger.

Pauline war nicht glücklich mit dieser Lösung, aber Ben hatte recht, sie sollte einfach Ruhe geben.

♪ ♪ ♪

Eine Stunde später brachten sie eine leicht beschwipste Ana und einen kleinlauten Nuno zurück nach Hause. Als sie wieder durch das Gartentor gingen, hielt Pauline Ben fest.

»Dort, schau. Ich wusste es. Oder wie erklärst du dir mit deiner Logik, dass jetzt ein Rentier im Garten steht?«

Ben schaute in die Richtung, in die Pauline zeigte. Und wirklich, an der Hauswand war der Schatten eines großen Tieres im Schein der Laternen zu sehen, welches ein Geweih ähnliches Gebilde auf dem Kopf hatte. Er drehte sich um, um das Tier in Augenschein zu nehmen – und prustete laut los.

»Rentier? Schau dir mal dein Rentier an!«

Pauline guckte und sah einen etwas unglücklichen Urso, der sich scheinbar bei dem Versuch das Essen zu plündern, welches sie auf dem Tisch hatten stehen lassen, verheddert hatte. Ein Teil von der Tischdekoration aus Tannenästen und Weihnachtssternen hatte sich in seinem Pelz verfangen und ragte in einem wilden Gestrüpp von seinem Kopf ab.

»Ok, du hast recht.« Pauline fing an den armen Urso von seinem Leiden zu befreien. Dankbar leckte er ihre Hand.

»Weißt du, was schön ist? Wir haben zwar keine Beilagen mehr, aber an das Huhn im Ofen ist er nicht herangekommen. Dann gibt es jetzt als Festmahl Brathuhn mit Madeira, was meinst du?«

»Klingt wunderbar, mein Schatz.«

Pauline setzte sich an den Tisch und schaute zu, wie Ben ihr Huhn auf den Teller lud.

»Auf unser wunderbares Weihnachtsfest auf Madeira. Mit ein ganz klein bisschen Weihnachtszauber.« Sie zwinkerte Ben liebevoll zu.

Was die beiden von ihrer Perspektive aus nicht sehen konnten, war das seltsame Paar, welches in diesem Moment auf dem Dach des Hauses saß.

Eine schwarze Katze und eine Ente, die mit ihren blauen und gelben Augen auf die beiden unter ihnen herunter sahen.

Portugiesische Begriffe, Speisen und Getränke

Hier ein kleiner Überblick der im Buch vorkommenden Begriffe, Speisen und Getränke.

♪ ♪ ♪

avó – Portugiesisch für »Großmutter«.

bica – Portugiesische Version des Espresso, einem kleinen Schwarzen.

Boas-vindas – Portugiesisch für »Herzlich willkommen«.

Bolo Rei – Portugiesischer Weihnachtskuchen, auf Deutsch »Königskuchen« mit Früchten in einer Kranzform.

Bom dia – Portugiesisch für »Guten Tag« (wird vormittags verwendet).

Boa tarde – Portugiesisch für »Guten Tag« (wird nachmittags verwendet).

Deus me livre - Portugiesisch für »Gott bewahre!«.

galao – Portugiesischer Milchkaffee.

Malmsey – Süßer Madeirawein, gerne als Digestiv nach dem Essen oder zum Nachtisch verwendet.

Pai Natal – Portugiesisch für »Weihnachtsmann«.

Potthast – Westfälische Spezialität aus
   angebratenem und dann geschmortem
   Rindfleisch, mit Zwiebeln, Nelken und Kapern.
tarte de requeijao – kleine portugiesische
   Käsekuchen Pasteten.
urso – Portugiesisch für »Bär«.
urso de peluche – Portugiesisch für »Teddybär«.

Rezepte aus dem Buch

Poncha

Warum der Poncha auf Madeira Poncha heißt, ist nicht so richtig klar. Viele sagen, dass der Ursprung des Namens im Wort Poncho liegt. Ein Poncha wärmt genauso gut von Innen wie ein Poncho von außen.

Also genau das richtige, auch für die kalte Jahreszeit.

Hier ein einfaches Rezept für alle, die diese madeirensische Variante eines Caipirinhas einmal ausprobieren wollen.

🍸🍸🍸

Zutaten und Zubereitung:

10 ml Zitronensaft erwärmen.

Einen Teelöffel Honig darin auflösen.

Das Ganze mit 20 ml Aguardente auffüllen.

Serviert wird das Ganze in einem kleinen Punschglas ohne Henkel. Es funktioniert aber auch mit Martinigläsern, die man, wenn man möchte, noch mit einem Zuckerrand versehen kann. Das ist dann natürlich nicht mehr ganz die Variante, die die Fischer auf Madeira abends in der Bar nach einem Tag auf See trinken.

Falls kein Aguardente zur Hand ist, kann man auch Rum verwenden. Aber hier sollte man, ähnlich wie bei einem Caipirinha, nicht an den Zutaten sparen und einen guten Rum kaufen.

Bolo Rei

Der portugiesische Königskuchen gehört in Portugal genauso zu Weihnachten wie in Deutschland der Christstollen.

Der Kranz soll dabei die Kronen der drei Könige Balthasar, Melchior und Kaspar symbolisieren. Auch die Gaben der drei Könige werden durch den Kuchen dargestellt: der Glanz steht für das Gold, die kandierten Früchte und Nüsse für die Myrrhe und der Duft des Kuchens symbolisiert den Weihrauch.

Im Kuchen wird gerne eine Münze und eine Saubohne eingebacken. Wer die Münze findet, darf sich etwas wünschen. Der Finder der Bohne wird König für einen Tag und muss im kommenden Jahr den Bolo Rei backen oder kaufen. Wenn man diese Tradition beibehalten möchte, sollte man aber unbedingt Bohne und Münze einwickeln, etwa in etwas Backpapier, um den Geschmack des Kuchens nicht zu stören.

୶ ୶ ୶

Hier nun ein Rezept für den Kuchen:

Zutaten:

100 g Sukkade
60 g Rosinen

60 g Pinienkerne

26 g frische Hefe

100 ml Portwein (man kann natürlich auch einen trockenen Madeira (etwa Sercial) verwenden)

100 ml lauwarmes Wasser

500 g Mehl

Abgeriebene Schale von 1 Orange und 1 Zitrone

3 verquirlte Eier

1 TL Salz

100 g weiche Butter

100 g Zucker

Eventuell 1 getrocknete Bohne und 1 saubere Münze

Glasur aus 1 Eigelb vermischt mit 1 EL Wasser

je 20 g Zitronat und Orangeat

10 – 12 kandierte Kirschen

Etwas Hagelzucker

2 – 3 EL Aprikosenmarmelade

Zubereitung:

Am Tag vorher:

Rosinen, Pinienkerne und die klein geschnittene Sukkade mit dem Portwein bzw. Madeira übergießen und über Nacht im Kühlschrank ziehen lassen.

Am Backtag:

Die eingelegten Zutaten aus dem Kühlschrank nehmen, damit sie zum Backen wieder Zimmertemperatur haben.

Die Hefe in lauwarmem Wasser quellen lassen, Mehl und Salz in eine Schüssel sieben, eine Mulde formen und dort die aufgelöste Hefe platzieren. Etwas Mehl vom Rand in die Mulde zur Hefe geben und zwanzig Minuten warten, bis der Vorteig Blasen wirft.

Die weiche Butter, Zucker und die abgeriebenen Schalen schaumig rühren, dann nach und nach die Eier einrühren. Die Mischung in den Hefeansatz einrühren und dann alles vorsichtig zu einem Teig verarbeiten. Dann für etwa 10 Minuten auf einer eingemehlten Arbeitsfläche durchkneten. Das kann man wahlweise auch mit einer Küchenmaschine mit Knethaken machen. Wichtig ist, dass man am Ende einen glatten und elastischen Teig bekommt. Spätestens jetzt mit der Hand die eingelegten Zutaten hineinkneten, ggf. noch etwas mehr Portwein (Madeira) hinzufügen.

Den Teig dann an einem warmen, nicht zugigen, Ort für etwa zwei Stunden ruhen lassen, dann noch mal kurz durchkneten und wieder 10 Minuten ruhen lassen.

Jetzt aus dem Teig einen Kranz formen und, wenn man möchte, die Münze und die Bohne hineindrücken.

Auf einem mit Backpapier ausgelegtem Backblech platzieren und noch mal unter einem Tuch etwa eine Stunde gehen lassen.

Dann zum Garnieren den Teig mit der Glasur bestreichen und mit den Kirschen, dem Zitronat und Orangeat belegen. Alles festdrücken und mit Hagelzucker bestreuen.

Im vorgeheizten Backofen bei 180 °C Ober- und Unterhitze für etwa 45 Minuten backen, bis er goldbraun ist. Eventuell mit Alufolie die letzten 10 Minuten abdecken.

Noch heiß mit der erwärmten Aprikosenmarmelade bestreichen und abkühlen lassen.

Weitere Rezepte finden Sie, wenn Sie Paulines Café unter

http://www.joycesummer.de/category/rezepte/
besuchen.

Nachwort

Sämtliche anderen Ereignisse, sowie Personen entspringen ausschließlich meiner Fantasie. Ähnlichkeiten zu lebenden und verstorbenen Personen sind rein zufällig.

Falls Sie nach dem Lesen des Buches Lust bekommen haben, mehr über die Schauplätze des Buches, weitere Abenteuer von Pauline, noch mehr Rezepte oder den ein oder anderen Reisetipp zu erfahren, besuchen Sie mich gerne auf meiner Webseite mit Blog: www.joycesummer.de.

Bereits erschienen

Falls Sie nach dem Lesen dieses Buches Lust bekommen haben, einen weiteren Ausflug nach Madeira zu machen oder auf den Spuren der Tempelritter im sommerlichen Malta zu wandeln, finden Sie hier im Anschluss weitere Bücher von mir.

Mord auf der Levada

Eine junge Touristin wird auf Madeira in ein Netz aus Mord und Verrat verwickelt, welches weit bis in die Zeit kurz nach dem Ersten Weltkrieg zurückreicht.

Eigentlich wollte die Hamburger Café Besitzerin Pauline Boysen mit ihrem Mann Ben einen geruhsamen Schnorchel- und Wanderurlaub auf Madeira verbringen.

Aber kurz nach ihrer Ankunft stolpert sie über den Leichnam des Hotelbesitzers Lucca DeFreitas, in dessen Hotel sie am Tag vorher noch eine feudale Tea Time genossen hatten. Als sie auf eigene Faust mit Nachforschungen beginnt, muss sie feststellen, dass die Spuren zum Tod des letzten Habsburger Kaisers führen.

Was hat dieser mit dem Mord und einem Flugzeugabsturz zu tun? Der einheimische Comissário Avila glaubt nicht so recht an Paulines Theorien und schon bald schwebt sie in größter Gefahr ...

Malteser Morde

Zum zweiten Mal gerät Pauline in das Visier eines Mörders

Der Urlaub mit ihrer Mutter auf Malta hätte so schön sein können. Die beiden wollten ein bisschen in Kultur schwelgen und es sich so richtig gut gehen lassen.

Aber die grausame Geschichte der Insel und des Johanniterordens holt Pauline ein. Ein abgetrennter Kopf auf einem Pfahl ist nur der Anfang. Natürlich ist Paulines Neugier geweckt, aber sie muss vorsichtig sein. Der Mörder sucht scheinbar wahllos seine Opfer aus. Wird Pauline sein nächstes sein?

In einer anderen Zeit kämpft derweil der Ritter Andres de Miranda gegen die Osmanen an der Seite des Großmeisters des Ordens einen blutigen und scheinbar aussichtslosen Kampf.

Liegt der Schlüssel zu den Morden wirklich in der Geschichte der Insel?

Madeiragrab

Comissário Avila allein unter Golfern ...

Avila ist in diesem Sommer nicht so richtig bei der Sache, ihm steht die Geburt seines ersten Kindes bevor.

Als in dem elitären Golfclub von Funchal eine Leiche kopfüber im See gefunden wird, ist es mit der sommerlichen Ruhe vorbei. Die Tote war dabei eine Ausstellung über einen bekannten britischen Staatsmann und seine Gemälde auf der Insel vorzubereiten. Stieß sie dabei auf ein dunkles Geheimnis?

Avila und sein Mitarbeiter Vasconcellos werden in einen Strudel von Ereignissen verwickelt, der allzu schnell auch Avilas schwangere Frau Leticia erreicht.

Kann der Comissário den Mörder stoppen und seine kleine Familie retten?